btb
Aus Freude am Lesen

btb

Buch

Zorro, ein nachdenklicher und wachsamer Mann, ist obdachlos. Er lebt auf der Straße, doch er hat sich seinen Stolz und seine Würde bewahrt. Offen und herausfordernd schaut er den Passanten ins Gesicht, kommentiert respektlos, zynisch, aber auch voller Witz und Humor den erbärmlichen Zustand der heutigen Gesellschaft. Nur manchmal denkt er an sein früheres Leben zurück. Alles schien damals in perfekter Ordnung zu sein. Ein fester Job, eine glückliche Beziehung, viele Freunde. Doch dann kam der Tag, an dem sich alles änderte: Ein junger Mann läuft ihm vor sein Auto, wird schwer verletzt und stirbt. Zorro hat keine Schuld an dem Unfall – doch von diesem Moment an erhält sein Leben einen tiefen Riss …

Margaret Mazzantini schreibt in einer faszinierend direkten, aber auch überaus poetischen Sprache. Sie verleiht einem der Menschen eine Stimme, die in unserer Gesellschaft stets übergangen werden – doch die uns etwas zu sagen haben, was unmittelbar berührt und noch lange nachhallt.

Autorin

Margaret Mazzantini wurde 1961 in Dublin geboren und wuchs in Irland und in der Toskana auf. Ihre Karriere begann sie als Theaterschauspielerin. Als Schriftstellerin begeisterte sie mit ihrem Debütroman »Die Zinkwanne« ein großes Publikum. Ihr Roman »Geh nicht fort« erhielt den Premio Strega, »Am Ende der Straße« steht in Italien seit dem Erscheinen auf den Bestsellerlisten.

Margaret Mazzantini bei btb

Geh nicht fort. Roman (73066)
Manola. Roman (72597)

Margaret Mazzantini

Am Ende der Straße

Aus dem Italienischen von
Viktoria v. Schirach

btb

Die Originalausgabe erschien 2004 unter dem Titel »Zorro. Un eremita sul marciapiede« bei Mondadori in Mailand.

FSC
Mixed Sources
Product group from well-managed forests and other controlled sources

Cert no. GFA-COC-1223
www.fsc.org
© 1996 Forest Stewardship Council

Verlagsgruppe Random House FSC-DEU-0100
Das FSC-zertifizierte Papier *Munken Print* für Taschenbücher aus dem btb Verlag liefert Arctic Paper Munkedals AB, Schweden.

1. Auflage
Deutsche Erstausgabe August 2005

Umschlaggestaltung: Design Team München
Umschlagfoto: Photonica/Takahashi
Satz: Uhl + Massopust, Aalen
Druck und Einband: Clausen & Bosse, Leck
MA · Herstellung: Augustin Wiesbeck
Made in Germany
ISBN 3-442-73371-5

www.btb-verlag.de

Für Sergio und seinen Hund

Schreiben ist etwas für Müßiggänger. Jeder Anlass für eine Pause, eine Unterbrechung der Klausur, ist willkommen. Unter dem Vorwand, eine Druckerpatrone besorgen zu müssen, verlässt man das Haus und bummelt ziellos durch die Stadt. Manchmal wird dieses Herumschlendern auch mit interessanten Begegnungen belohnt, man trifft auf Menschen oder Dinge, die einem bleiben. So war es auch in diesem Fall. Ich bin aus dem Haus gegangen und einem Mann begegnet, den ich öfter in meiner Gegend sehe, ein Penner, mit dem ich manchmal ein paar Worte wechsle, einer, der sich offensichtlich von Wein und Zwiebeln ernährt und immer einen räudigen kleinen Hund dabei hat, den er an einer Schnur führt. Der Mann ist mit Vorsicht zu genießen, denn er ist nicht gut auf Frauen zu sprechen. Es gibt Tage, da ist er reizend, und andere, da schenkt man ihm ein paar Einkäufe aus dem Supermarkt und wird dafür mit einer so obszönen Bemerkung bedacht, dass man zur Salzsäule erstarrt.

Ich war auf der Suche nach einer guten Idee für Sergio Castellitto, einem Stoff, der seinen Fähigkeiten als Schauspieler gerecht würde, aber zugleich auch jenen Aspekt seines Wesens zum Ausdruck bringen könnte, der sich nicht in Worte fassen lässt.

Nach vielen Filmen hatte er wieder Lust bekommen, Theater zu spielen, Lust auf den Nährboden, der ihn zum Schauspieler gemacht hatte, auf das Ringen mit sich selbst mitten in einer Luftglocke aus Staub und Licht. Ich stellte mir einen Monolog vor, der zugleich intim und spektakulär wäre und mit dem er ganz aus sich herausgehen könnte. Denn manchmal überkommt einen der Wunsch, sich einfach alles zu erlauben, dumm und verachtungswürdig zu sein und zu sagen: Ich will mich radikal in Frage stellen, will bei null anfangen. Ich will meine ganze

Blöße zeigen, anstatt immer im Strom mitzuschwimmen. Für Schauspieler gibt es diese Möglichkeit, sich gehen zu lassen und eine Auszeit von der Normalität zu nehmen – und sie werden dafür sogar noch gut bezahlt und mit Applaus belohnt. Sie können sich schämen, ohne dass es jemand merkt. Sie dürfen über etwas weinen, was nur sie angeht, inmitten von lauter Lügen.

Deshalb habe ich mir gedacht: Ich schreibe über einen, der auf der Straße lebt; ganz ohne soziologische Analyse, einfach über eine Seele, die herumirrt, die aufbegehrt. Über einen von diesen verlotterten Stadtstreichern. Einen komischen Typen mit seinem Elend, seinen Tränen, aber auch mit einer gewissen Kaltschnäuzigkeit und mit Humor. Einen, der sich nicht drückt, der sein Schicksal hinnimmt wie Vogeldreck, der vom Himmel fällt, fluchend und dankbar zugleich.

Über einen Obdachlosen zu schreiben heißt, sich mit einem Schicksal auseinander zu setzen, das im Grunde jedem von uns widerfahren könnte. Künstler sind oftmals Penner, die einfach Glück gehabt haben. Sie sind zwar nicht in der Gosse gelandet, aber sie haben die verstörten Züge und die Unruhe von Nomaden, ihre Blicke schweifen umher, sie halten Gericht über die Welt, haben ihre Obsessionen, ihre Rituale. Jeden Tag laufen sie Gefahr, sich zu verirren, nicht mehr heimzufinden.

Ich habe keinen gewählt, der den Blick gesenkt hält. Ich habe einen gewählt, der noch Lust hat, den Leuten ins Gesicht zu sehen. Ein neugieriges, hässliches Entlein, das flussaufwärts schwimmt und die Normalen, die »Kormorane« beobachtet, die sich im Gehege der ordentlichen Gesellschaft tummeln. Ich schreibe über einen, der zu viel redet, der seine Meinung sagt, eine Mischung aus gesundem Menschenverstand und dummem Zeug, der herzlich lacht und dann in sich zusammensackt. Ein Trauma hat sich in sein Herz gebrannt wie eine Medaille, und an Stelle der Krawatte trägt er eine Schnur um seinen Hals: Sie gehört zu seinem Hund – und zu seiner Trauer. Er ist ein Schlag ins Gesicht der Gesellschaft. Sein Leben ist nach und nach abgerutscht. Eines Nachts ist er auf allen vieren aus dem Haus gekrochen, einfach abgehauen. Er starrt vor Dreck, wie alle Penner. Sein Anzug hat die Farbe von Bier und glänzt speckig, er hat ihn aus einer Kleidersammlung, vielleicht gehörte er jemandem, der längst tot ist. An den Waden werden seine Hosenbeine von zwei Wäscheklammern zusammengehalten. Seine Schuhsohlen sind glitschig wie die Unterseite eines Kanus, sie rutschen über den Gehsteig, über den Schlick am Flussufer, über das Gemüse, das am Boden liegen bleibt, wenn die Marktstände abgebaut werden. Sein T-Shirt sprüht Funken, es ist aus Acryl und hat das Blau der italienischen Fußball-Nationalmannschaft, deren prächtiges Wappen seine Brust ziert. Es verbreitet Freude, es ist wie ein breites Grinsen, das dem Himmel spottet. Zorro heißt dieser erwachsene Junge. Zorro wie der schwarze Ritter, Zorro wie ein pissefarbener Hund. Er ist schlecht drauf, natürlich, sehr schlecht, oder zumindest tut er so. Er hat keinen Passierschein mehr für die Gesellschaft, wie ein leichtsinniger Autofahrer, dem der Führerschein entzogen wurde. Er trinkt, wie alle, die auf der Straße leben, und schläft in der Nähe der warmen Ausdünstungen der U-Bahn-Schächte. Er saugt Gerüche ein, betrachtet vorbeigehende Schuhe, schaut den Frauen nach. Eine gefällt ihm, er könnte sie wohl auch kriegen; ihr Hintern hängt so tief, dass er beinahe das Straßenpflaster streift.

Es hat Spaß gemacht, ihn zum Reden zu bringen, denn fürs Theater zu schreiben ist wie Urlaub machen, und es hat mich gerührt, die Geschichte dieses unglücklichen Mannes festzuhalten. Ich bin seit jeher überzeugt, dass die Position des Außenseiters bei aller Härte, die sie mit sich bringt, ein privilegierter Beobachtungsposten ist. Diese Leute, die vor sich hin grummeln und schimpfen, in deren Köpfen eine Menge merkwürdiger Ideen herumschwirren, kommen mir wie das Salz der Erde vor und sind ein guter Grund, hier zu bleiben und das Leben zu genießen. Sie betrachten dich aus einer Entfernung, die nichts Gutes verheißt, wirken unter Umständen bedrohlich, fordern Respekt für denjenigen, der sich abgesondert hat. Sie stehen am Rand des großen Flusses, andächtig wartend wie Angler. Aus unserem Trubel fischen sie das heraus, was übrig bleibt oder herausspritzt, denn das steht ihnen zu. Sie haben einen strengen Geruch, eine Art Essenz aller menschlichen Gerüche; er erinnert an Most, an getrockneten Seetang, an von der Sonne Verdörrtes oder vermoderte Materie, an Auflösung.

Zorro hat mir geholfen, eine Angst aufzuspüren, die wir alle irgendwoher kennen. In jedem von uns steckt uneingestanden, tief im Herzen verborgen, diese Gefahr: dass wir auf einmal den Anschluss verlieren, dass alle Stricke, die uns mit der normalen Welt verbinden, reißen.

Wer von uns ist nicht schon einmal nachts mit geschundener Seele durch eine Passage gegangen, den Mantelkragen hochgestellt, und hat den Körper, der dort lag, dieses Bündel von einem Menschen, nicht als ein Abbild seiner selbst empfunden? Penner sind streunende Hunde, die aus unseren Häusern entlaufen sind, sie riechen nach unseren Schränken, nach all dem, was sie nicht haben, aber auch nach all dem, was uns fehlt. Denn vielleicht fehlt uns ihr vollkommen freier, leiser Gang, ihr rastloses Herumwandern, das unheimlich wirken mag, aber zugleich ganz selbstverständlich ist, unverzichtbar, wie ihre totale Gleichgültigkeit gegenüber dem Wetter und dem unerbittlichen Voranschreiten der Zeit. Wer hat noch nie den Wunsch verspürt, auf der Straße in sich zusammenzufallen wie eine Marionette, die Beine weit von sich gestreckt, den Kopf an eine Mauer gelehnt, um den großen, mühseligen Fluss einfach an sich vorbeiziehen zu lassen? Alles vergessen und sich in aller Ruhe absondern. Ein stummes Stück Fleisch auf dem Pflaster der Menschheit.

Penner sind wie manche Hunde, die einen ansehen und einem auf einmal das eigene Gesicht zeigen, nicht das derzeitige, sondern vielleicht eines, was man als Kind hatte, oder wenn man traurig und dumm ist. Das hungrige und spitze Gesicht, das man vielleicht bekommen hätte, wenn einen die kleine Ecke der Welt, zu der man gehört, nicht aufgenommen hätte. Denn in jedem Leben gibt es mindestens noch ein anderes.

MARGARET MAZZANTINI

Ein Mann liegt auf der Straße. Seine Augen sind geschlossen, um den Hals baumelt eine Hundeleine.

Die Knochen tun mir weh, es ist, als würde der Teufel darin tanzen, zum Glück habe ich diese dunkle Ecke gefunden, wo mir keiner aus Versehen auf den Kopf pinkelt oder einen Streich spielt. Am liebsten schlafe ich im U-Bahn-Schacht, da ist es immer hell und warm. Dort fühle ich mich wie ein Küken in der Legebatterie. Wie spät es ist? Warte mal, bis jetzt sind elf Züge unter meinem Hintern durchgefahren *(sein Körper vibriert)*. Das ist der zwölfte. Dann ist es ungefähr sieben Uhr dreißig. Guten Morgen, Zorro. Ich vibriere gern mit der U-Bahn, ich genieße es jedes Mal. Was brauchst du, um aufzustehen? Eine Liebkosung? Ein Küsschen? Aber dahin, wo ich es sage … *(Er fängt plötzlich an zu lachen, bricht ebenso plötzlich wieder ab. Er setzt sich ruckartig auf, reißt die Augen auf).* Morgentoilette. *(Er holt aus seiner Hosentasche einen Wäschesprüher und spritzt sich etwas Wasser ins Gesicht.)* Man soll's nicht übertreiben mit der Hygiene. Wenn du dich selbst nicht riechen kannst, dann stimmt etwas nicht mit dir. Ich kenn mich da aus und sage, je mehr sich einer wäscht, desto mehr stinkt er. Wenn ich merke, dass mein Geruch schlimm wird, wenn ich nach Tier stinke, dann gehe ich zum Duschen ins öffentliche Bad, gleich bei der U-Bahn gibt es eine. Das ist ein wunderbarer Ort, mit einem Geruch, der mich rührt: Rattengift. Man bekommt dort ein sauberes Handtuch, es ist wie in den Thermen. Außerdem habe ich mich mit den Mädchen angefreundet, die da arbeiten. Die von der Frühschicht hat eine tolle Figur, so eine ganz Große ist das. Noch besser gefällt mir allerdings die, die abends kommt, Simonetta. Vorn hat sie so gut wie nichts, nur zwei Jackenknöpfe; streitlustig ist sie auch, und der Hintern hängt ihr so tief herunter, dass er auf der Rolltreppe fast die Stufen streift. Simonetta kümmert sich um mich, sie schenkt mir immer ein paar Extraportionen Shampoo, gibt mir ein Handtuch, das nicht so hart ist. Ich glaube nicht, dass sie weiß, dass ich auf der Straße lebe, nein, das glaube ich nicht. Ich könnte auch einfach einer sein, der viel unterwegs ist, der ins öffentliche Bad geht, weil er im Zug geschwitzt hat. Wenn ich zu den Mädchen dort gehe, mache ich mich zurecht, ich kann die Typen nicht ausstehen, die dort schmutzig auftauchen und nach Suff stinken. Ich trinke schon auch, klar, ich tanke mich voll. Nie übervoll. Ich bin immer noch ein gut aussehender Mann, habe noch meine Zähne, meinen Blick. Simonetta lächelt mir zu, und wenn sie lächelt, sehen ihre Augen aus wie bei einer Chinesin. Ich gebe ihr das nasse Handtuch zurück, und sie wirft es nicht etwa gleich in den Eimer, sondern lässt es noch eine Weile auf der Theke liegen, es ist ihr nicht unangenehm, im Gegenteil, sie stützt sogar ihren Ellbogen darauf. Ich habe nicht vergessen, wie man eine Frau anmacht... ich weiß noch, wie das geht. Aber ich lasse es sein. Solange du auf deiner Seite bleibst, macht es dir nichts aus, aber wenn du mal dort auftauchst, wo du nicht hingehörst, dann... Ich finde es schön, sauber und duftend aus dem Brausebad zu kommen, dann ist es wie früher, wenn ich aus dem Haus ging und wusste, ich würde zurückkommen. Schade, dass man schnell wieder stinkt. Aber wenn man stinkt, ist es leichter.

Ich langweile mich nicht, ich laufe. Zorro läuft gern. Wohin des Wegs, Zorro? Irgendwohin. Ich sehe den Leuten ins Gesicht, ich habe Zeit und kann es mir leisten. Das ist ein Luxus. Manche lasse ich an mir vorbeiziehen wie Fürze, manche interessieren mich und dann laufe ich ihnen hinterher, hefte mich an ihre Fersen und gehe einfach mit. Du da mit den aerodynamischen Mokassins, mit dem Wasser abweisenden Fleece-

Hemd, der modischen Brille. Du, du da hinten mit dem Kormorankopf *(richtet den Blick auf einen imaginären Passanten),* ich lebe dein Leben ein Stück mit, auch wenn du nichts davon ahnst. Klar, ich halte so viel Abstand wie nötig, ich will dich nicht stören. Zorro ist kein Typ, der die anderen belästigt. Du bleibst stehen, kaufst eine Zeitung. Ich habe auch eine Zeitung. *(Er zieht eine alte Zeitung aus der Innentasche seines Mantels, faltet sie auseinander und geht weiter.)* Es ist immer dieselbe, ich hänge eben an den Dingen. Aber meine und deine Zeitung sind identisch, Kormoran. Steht in deiner was über Diebe drin? In meiner auch. Über Kriege? Die fehlen nie. Hast du Nutten drin? Du Glückspilz. Du schaust auf die Uhr? So was hab ich nicht, das ist nur eine Last. Meine Uhr ist der Himmel. Für mich, Kormoran, ist das Leben ein Tag, nur ein einziger Tag, vom Morgengrauen bis zum Sonnenuntergang, und Amen. Was tust du jetzt, du trinkst einen Kaffee? Na, ein paar Münzen besitzt sogar Zorro. Reichst du mir den Zucker, Kormoran? Acht Löffel, bitte. Nein, es ist nur so, dass ich höchstens alle drei Tage einen Kaffee trinke, deshalb nehme ich den ganzen Zucker auf einmal, sozusagen auf Vorrat, das leuchtet doch ein? Lass dich genauer ansehen: neurotische Ehefrau, tyrannischer Sohn, schlechte Nachrichten von der Kreditabteilung der Bank. Du zahlst? Ich auch. Nein, nicht den Kredit, den überlasse ich dir. Bedienung, den Kassenbon! Was schaust du so böse, Bedienung? Ich habe dich doch nur nach dem Kassenbon gefragt, nicht ob du mir einen bläst! Ich weiß schon, was du denkst: Mensch, du als Penner verlangst auch noch einen Kassenbon?! Was willst du denn damit? Nichts, mein Fräulein, ich wollte dich nur ärgern. Stimmt's, Kormoran? Kormoran, wo bist du? Hast du dich verkrümelt? Ich krieg dich schon, keine Angst, ich krieg dich immer wieder, Kormoran.

Heute nehme ich mir frei, heute ist mein Tag als Vogel. Da schau ich nur in den Himmel. Klar, manchmal gerät eine Antenne, eine Satellitenschüssel, ein Telefonmast ins Bild, aber das macht nichts. Ich mag den Himmel über der

Stadt, er riecht nach Niedrigkeiten, nach Menschen. Aber der Himmel über dem Land macht mir Angst. Da gibt es nur göttliches Zeug: Sterne, Planeten, galoppierende Wolken. Und was soll ich auch auf dem Land? Mit den Bäumen streiten? Mit ihrer Seelenruhe geben die mir immer das Gefühl, ein Nichts zu sein. Die Natur ist überheblich, sie wird direkt vom Herrn verwaltet und blickt deshalb zu Recht auf uns herab. Unter uns gesagt, wenn ich eine Ulme wäre, wäre ich auch ziemlich arrogant. Aber ich bin nun einmal ein Mensch, und unter der Ulme gefällt es mir nun einmal nicht. Ich treibe mich lieber vor den Häusern herum, wo ich einen Blick in die Mülltonnen werfen kann und einen auf diesen halbherzigen Himmel, aus dem der liebe Gott auf uns herunterschaut, mit Augen, die auch bei ihm brennen vom Benzin. Er ist sauer, weil wir machen, was wir wollen, weil wir zu viel feiern. Also, damit hatte er nicht gerechnet, was wir uns alles ausdenken würden, dieser ganze Reibach, er hatte es sich leichter vorgestellt mit uns, so mit dem Guten und dem Bösen und Sünde und Vergebung, und Amen. Stattdessen ist die menschliche Seele ein einziges Fegefeuer. Ich lache, ich sehe in die Fenster hinein, in die Wohnzimmer, Küchen, Kammern, und lache. Manchmal stoße ich mit jemandem zusammen. He, wo hast du deinen Kopf, du Penner?! Immer mit der Ruhe, Kormoran, du kannst deine Federn wieder anlegen. Vielleicht schwimme ich gerade in einem Himmel von vor vierzig Jahren… damals, als meine Mutter zu Fuß losging, um mich zur Welt zu bringen, als die Fruchtblase bereits geplatzt war. Wer weiß, wie dieser Himmel damals ausgesehen hat? Und wer weiß, was sie sich von mir erwartet hat? Sie wollte mich nicht haben. Sie war siebenunddreißig und fühlte sich schon alt. Später hat sie mich dann mehr geliebt als meine Schwester Nanda, nicht weil ich so toll gewesen wäre, sondern weil sie mich ursprünglich nicht gewollt hatte. Diese Geschichte hat sie immer wieder erzählt.

»Kannst du dir das vorstellen, Pizzangrillo, dass ich dich nicht haben wollte? Ausgerechnet dich, ein Kind, das nie stört, das den ganzen Vormittag lang auf einem Stühlchen sitzen bleibt und seinen Pfirsich aufisst und mich in Ruhe die Hausarbeit machen lässt, das keine Spuren auf dem sauberen Fußboden hinterlässt, ausgerechnet dich wollte ich loswerden. Wie dumm die Frauen sind, Pizzangrillo! Trau bloß keiner Frau, wenn du das tust, bist du verloren!«

»Aber dir soll ich doch trauen, Mama? Und Nanda?«

»Das ist doch was ganz anderes! Wir sind deine Familie. Hast du nicht gesehen, wie deine Schwester dich herumträgt? Wie einen Perlmuttknopf. Sie kauft dir Zuckerkuchen mit Sahne! Was willst du denn mehr? Und jetzt komm von dem Stuhl runter und wirf den Pfirsichkern weg, du kommst mir vor wie ein geprügelter Hund!«

»Aber der Boden ist doch noch nass, Mama…«

Meine Familie war so, wie eine Familie sein soll. Papa kam jeden Abend um sieben Uhr dreißig nach Hause, Mama machte jeden Sonntag Lasagne. Nanda brachte mich jeden Morgen zur Schule, und jeden Morgen blieb ich mitten auf der Straße stehen, und sie zog mich weiter: »Woran denkst du, Pizzangrillo, was hast du denn?« Zu Weihnachten gab es Pfefferkuchen, zu Ostern Hefezopf. Die Wachsdecke auf dem Tisch hatte drei Brandflecken. Nur das Nötigste. Nichts Überflüssiges gab es bei uns zu Hause.

Abends ließ mich meine Mutter meinen Kopf an ihren Busen legen, und ich schlief ein. Meine Mutter hatte einen Duft, einen Duft … nach Honig und Wischlappen. Wenn ich daran zurückdenke, möchte ich mir am liebsten eine Grube graben und mich darin verstecken. Sie war der mutigste Mensch, den ich jemals kennen gelernt habe. Eine Art von Mut, die nur Frauen haben, Männer können nicht so mutig sein, so … leise mutig. Sie hatte immer einen Frosch im Hals, weil sie so viel runtergeschluckt hatte, ohne mit der Wimper zu zucken. Es sah zwar so aus, als hätte sie Angst vor den Männern der Familie, aber das stimmte gar nicht, sie tat das nur, damit wir uns stark fühlten. Sie hat mich reingelegt. Ich bin von zu Hause weggegangen und habe mich wie ein Löwe gefühlt, und später habe ich große Mühe gehabt zu erkennen, dass ich ein Idiot bin.

Nur ein einziges Mal bin ich nach Hause zurückgekommen: als meine Mutter gestorben ist, am dritten Sonntag im Dezember. Der Weihnachtsbaum war noch nicht geschmückt. Das Olivenöl hatten sie jedoch schon aus ihrem Heimatdorf geholt, zwei Metallkanister standen in der Diele und verströmten ihren durchdringenden Geruch.

Ein paar Jahre davor, als Papa gestorben war, hatten wir Totenwache gehalten, hatten ausführlich Erinnerungen an ihn ausgetauscht, wir hatten gescherzt, gegessen, und es war eine wunderschöne Nacht geworden, schöner als mancher noch so gelungene Geburtstag. Schöner als eine Silberhochzeit.

Bei Mama war es anders. In der Diele stand das Öl, unberührt. Alles war wie tot. Die Teller in der Küche, tot. Die Blumentöpfe auf der Terrasse, tot. Die Betten, tot. Die Wohnung, unsere Wohnung, tot. Ich fühlte mich nackt, mir war, als hätte man mir die Strümpfe ausgezogen, die Unterhose… Ich stand wie ein Idiot da und wartete, dass sich Mama erhob, dass sie anfing zu kochen: He, Ma', machst du uns einen Teller Spaghetti? Ich hatte Angst, denn jetzt stand sie mit ihrem großen Körper nicht mehr schützend zwischen mir und dem Tod.

Nein, Mama, ich bin kein Löwe…

Dann fällt mein Blick auf den Weihnachtsbaum in seinem Pappkarton und ich beginne die zerknitterten Zweige glatt zu streichen, während Nanda weint und dabei die Kugeln an ihrem Kleid reibt, um sie zu entstauben. Die Lichter funktionieren nicht, wir schrauben den Stecker ab und wieder dran und schließlich gehen sie wieder. Wir stellen den Baum in Mutters Zimmer. Ihre Füße sind nackt, und die Lichter flackern über den nackten Füßen hin und her, die halb blau und halb rot werden. Halb blau und halb rot. Keiner sagt ein Wort: Es sieht aus wie in einem Zirkuszelt, in dem ein toter Elefant liegt.

Manchmal ist das Problem das Reden. Es kommt vor, dass ich bis zum Abend den Mund nicht aufgemacht habe, dass ich zwar den ganzen Tag Selbstgespräche führe, aber kein einziges Mal den Mund dabei öffne. Deshalb habe ich mir diese Methode ausgedacht, dass ich mit mir selbst rede: Ich erzähle mir, was ich mache, gebe mir Ratschläge, schimpfe mit mir. Ich habe gemerkt, dass es besser geht, wenn man die Stimme auch hört. Denn die innere Stimme ist gefährlich; ohne es zu merken, sinkst du immer tiefer, wie in eine Grotte, und du beginnst in der Vergangenheit zu wühlen und gibst dir selbst all zu sehr Recht und den anderen all zu sehr Unrecht. Dann wird die Stimme in dir immer lauter, dein Kopf fängt an zu dröhnen wie eine Lokomotive, und du hörst das Echo deiner Worte wie ein Pfeifen, das nicht mehr aufhört. Doch da du nicht stumm bist, sucht sich die Stimme einen Weg und eines Morgens ist sie plötzlich da und will raus! (*Er schreit, es klingt wie das nächtliche Geheul eines Hundes.)* Eine hässliche Stimme, die den Leuten ins Gesicht spucken will. Und je mehr du schreist, desto weniger versteht man sie, du bist wie ein Bienenstock ohne Königin. Die Leute bekommen einen Schreck, die dreizehnjährigen Mädchen auf dem Weg zur Schule, die alten Frauen mit den Reistörtchen in der Hand, und du, der Eremit des Bürgersteigs, der den Passanten erklären will: die Staatsräson! Die Staatsräson! Ich bin ein Prophet! Ich bin ein Prinz! Nein, Ordnung muss sein. Zorro weiß das, er hält sich unter Kontrolle, er redet, aber er achtet auf die Lautstärke, er sorgt dafür, dass alles korrekt abläuft. Die Versuchung, loszuschießen wie eine Rakete, die ist immer da. Klar, für euch Kormorane ist das einfacher. Ihr habt euer nettes kleines System, eines für alle, das zwar keinem richtig passt, aber man tut so, als ob. Ihr fahrt damit wie auf einem Rollband. Euch passt das gut, sonst würdet ihr euch nicht so hineindrängen. Obwohl ihr drinnen kaum Platz habt, ihr seid zusammengequetscht wie Rosinen in einem Rührteig, und doch macht ihr das, immer wieder, ganz normal, ganz normal. Ihr lauft auf dem Rollband mit euren Frauen, Kindern, Schals, Sonnenbrillen. Aber mich täuscht ihr nicht. Zorro behält euch im Auge. Ihr seid alle durchgeknallt, nicht wahr, ihr Kormorane? Man braucht nur so zu machen *(schnippt mit den Fingern)*, und schon fallt ihr zusammen wie ein Haufen Mikadostäbchen. Sicher, wenn ihr alle aufhören würdet, eure Pflicht zu tun und mit mir das Pflaster auf und ab wandern würdet, wäre das eine Katastrophe. Dann wär ich meinen Frieden los, meine Sakristei, eure Mülltonnen. Ihr werdet es nicht glauben, aber ich habe hier – nicht immer, aber manchmal eben – im Dunkel die Freude vor mir auftauchen sehen. Und dann hab ich mir gesagt: Siehst du, Zorro, jeder hat sein Märchen, und dieses gehört dir, nur dir. Die anderen wissen das nicht, sie können es sich nicht einmal vorstellen, so wie du aussiehst, und das ist das Schöne daran. Denn ein Traum ist schön, wenn man allein mit ihm ist, wenn man ihn in den bloßen Händen hält, auch wenn sie schmutzig sind oder hart und rau wie ein Reibeisen. Bleibt, wo ihr seid, Kormorane, in euren Spielhöllen, Imbissläden, Weinläden, Zeitungsläden … in euren Läden.

Zorro sagt nicht »Bitte«. Früher, als ich noch normal war, habe ich immer »Bitte« und »Danke« gesagt, und »Entschuldigung« und »Darf ich«. Jetzt habe ich mir meine Privilegien einfach genommen. Die Hand hole ich nur noch in Extremfällen hervor. Du hast ja Recht, Kormoran, sie sind eine Pest, diese Bettler, die an den Kreuzungen die Windschutzscheibe deines Kombis verschmieren, anstatt sie zu waschen, sie sind zu faul, die paar Schritte bis zum nächsten Brunnen zu gehen und das Wasser zu wechseln, und dann verlangen sie auch noch Geld dafür, dass sie deine Scheibe versauen, Kormoran. Dieser Eimer ist voller Arroganz, stimmt's, Kormoran? Sie verlangen etwas dafür! Verlangen! Für wen halten die sich eigentlich?! Mit ihren Pappschildern »Binn ahm!« »Habe Hunga!« Ja, ja, arm, hungrig, dass ich nicht lache!

Nein, Zorro verlangt gar nichts. Zorro hält die Hand nicht auf, Zorros Fäuste sind geballt. Zorro hat eine Entscheidung getroffen. Gut, das Schicksal hat ihm dabei geholfen, mit einem schönen Fußtritt hat es ihm bei der Entscheidung geholfen.

Neulich sitz ich einfach so da auf der Reservebank und ordne meine oberste Schublade *(tippt sich an den Kopf)*, als ein Kind zu mir kommt: »Hier, nehmen Sie das …«, ein hübscher Junge mit einem hübschen Mantel.

»Was willst du?«

Er hält mir die Münze hin und wartet. Die Mutter steht etwas abseits und drängt ihn zum Weitergehen. Was hast du denn, schöne Frau? Hast du Angst, dass ich dein Kind fresse? Hast du Angst vor Armut, vor dem Prankenhieb des Schicksals, der dir zum Glück erspart geblieben ist? Was soll ich mit den hässlichen Münzen? Dieses Metall ist eine Beleidigung, meine Dame. Zorro hat nichts verlangt, Zorro braucht nichts. Den vielen eleganten Einkaufstüten nach, die da an deinem Arm baumeln, hast du heute Morgen einen schönen Batzen verprasst. Und dann, meine schöne Kormoranin, hast du beim Shoppen gedacht, dass es kalt ist, dass es so viele arme hungrige Leute gibt, und dass du das Geld raushaust für lauter überflüssiges Zeug… Was ist los, wirst du nervös, weil ich die Münze nicht nehme? Willst du deinen Obolus loswerden, damit du deinen Frieden wieder findest? Damit das kleine Kaschmirteil aus der Boutique dir kein schlechtes Gewissen mehr macht? Aber allzu nah willst du mir nicht kommen. Das verstehe ich. Du schickst das Kind vor. Das verstehe ich. Ja, pädagogisch ist sie wichtig, diese Gymnastik der Solidarität. In welche Schule gehst du denn, mein Junge? Aufs englische College. Sehr gut: *English is very important, indeed!* Und dienstags gehst du bestimmt zur Klavierstunde? Sehr gut! Was für hübsche Hände, richtige Gynäkologenhände. Sie haben Glück, Frau Kormoranin, Ihr kleiner Schatz wird Englisch sprechen und Klavier spielen. Auf den Mösen seiner Patientinnen. Gib das Geld her, du Rotznase.

»Bist du wirklich arm?«

»Ja, das bin ich.«

»Mama, er ist arm! Arm! Wie schön! Du hattest Recht ...«

Haut ab. Haut ab und freut euch, dass ihr mich aufgestöbert habt. Auch heute hat Zorro sich nützlich gemacht. Brav, Zorro, auch wenn sie dir eine reingeschlagen haben. *(Er boxt sich in den Bauch.)* Hier rein, in die unterste Schublade.

Ich hatte schon immer geahnt, dass ich nicht mehr umkehren kann, wenn ich erst mal losgelaufen bin. Schicksal! Vielleicht kannte ich mein Schicksal schon und saß deshalb so brav auf meinem Stühlchen mit dem Pfirsich in der Hand, weil ich Angst hatte, ihm entgegenzugehen. Dann hat es mich angesprungen, das Schicksal: in Gestalt eines Hundes.

Ich bin zwölf Jahre alt. Ich finde ein Hundebaby, es ist halb tot vor Angst, aber es wedelt mit dem Schwanz, die Schnauze ist trocken. Ich nehme es unter meinen Mantel, drücke es an mein Herz. Und nehme dieses neue Herz mit nach Hause.

»Du bist wohl verrückt geworden?! Der macht überall hin, zerkratzt alles, bringt Krankheiten nach Hause!«

»Ach komm, Mama«, sagt Nanda, »lass ihn den Hund doch behalten, dann ist er nicht so allein, er wird ihn schon immer rausbringen.«

»Ja, das tu ich! Mama, bitte, Ma…«

Mama ärgert sich, aber vorerst bleibt der Hund da. Kaum komme ich von der Schule, gehe ich schon Gassi mit ihm. Wenn er an der Leine zerrt, fühle ich mich wie ein König. Spring, Hund! Spiel, Hund! Gehorche, Hund! Und er gehorcht, und ich bin glücklich, denn auf mich hat bisher noch nie jemand gehört.

Ich habe einen Freund: Marchioni Ilario. Er ist nicht so ungeschickt wie ich, nicht so dünn wie ich, seine Hosen sind nicht zu kurz und haben keinen angestückelten Saum. Er ist größer als ich, trägt eine Brille und Levi's-Cordhosen, die genau so lang sind wie seine Beine. Er verhaspelt sich nicht beim Sprechen, er drückt sich gut aus und alles dreht sich bei ihm um Ideale. Jede Minute, die du mir schenkst, ist eine Auszeichnung für mich, Marchioni Ilario. Ich ersticke fast an den Wörtern, wenn ich dir etwas erzähle, so sehr beeile ich mich, weil ich immer Angst habe, dass du wegläufst, irgendwohin, wo es interessanter ist als bei mir.

»Schöner Hund, wirklich«, sagt Marchioni Ilario. »Wie heißt er?«

»Wie er heißt? Äh… Zorro.«

»Zorro? Warum das?«

»Äh… weil er schwarz ist.«

»Schön.«

Ich fühle mich wie ein König: Er hat keinen Hund, und er bewundert meinen.

Ich leih ihn dir, Marchioni Ilario, wenn du

willst. Er läuft mit dir mit, du brauchst ihm nur ein Stöckchen zu werfen, siehst du? Du musst ihn unterm Hals kraulen, so, siehst du? Und wenn du den Arm hebst, dreht er sich auf den Rücken, siehst du? Du kannst ihn auch mal sonntags ans Meer mitnehmen, wenn du willst, du fährst doch manchmal ans Meer?

Was die Rasse angeht, behauptet Marchioni Ilario, ist er bestimmt keine Promenadenmischung: »Das ist eine Kreuzung zwischen Spitz und belgischem Schäferhund.«

Ich sage: »Mir egal, was er ist, aber wenn es ein Rassehund ist, soll es mir recht sein. Marchioni Ilario, meine Mutter will ihn leider nicht behalten, er hat schon ein Kissen zerbissen und die Tür von der Anrichte.«

»Du musst ihr sagen, dass er noch ein Welpe ist und gerade Zähne bekommt, und dass das bald vorbei ist, sag ihr, du opferst dein Sparschwein und gibst ihr dein ganzes Geld, damit sie den Schreiner bezahlen kann, sag ihr das und dann noch …«

Danke, du großer Marchioni Ilario mit deiner

Levi's-Cordhose, die so lang ist wie deine Beine. Danke, Marchioni Ilario! Danke!

»Mama, hast du verstanden? Er ist noch klein, er kriegt Zähne und deshalb knabbert er am Sparschwein, aber bald bin ich groß, dann opfere ich die Anrichte und gebe mein ganzes Geld dem Schreiner… »

Nein, so ruhig und gelassen wie Marchioni Ilario kann ich mich nicht ausdrücken, ich rede wie im Fieber, verdrehe die Wörter, bringe alles durcheinander.

»Ganz verrückt macht er mich, dieser Hund!«

»Ach Mama, bitte, Mama…«

Nanda wird diesen Sommer heiraten. Ihr Verlobter hat wunderschöne Andenken für die Gäste gekauft, Nippesfiguren aus Kork. Acht davon hat der Hund schon gefressen. Nanda hat mich mit einer Lederkrawatte ausstaffiert, ich sehe aus wie John Wayne, ich habe die Hundeleine eingefettet und poliert, bis sie glänzt:

»Komm, Zorro! Wir gehen auf die Hochzeit, Zorro! Mama, wo ist der Hund?«

»Der Reis, habt ihr den Reis eingesteckt?«

»Mama, wo ist der Hund?«

»Der Wagen ist da, der Wagen für die Braut!«

»DER HUND? WO IST DER HUND?!«

»Den hab ich deinem Freund mitgegeben, dem Großen mit der Brille, er hat so höflich darum gebeten, der hat wirklich Manieren, dein Freund, er hat gesagt, er kann besser für ihn sorgen. Nimm den Reis mit.«

Ich könnte dir bei lebendigem Leib die Haut abziehen, Marchioni Ilario, einfach auf die Straße laufen und dir die Haut abziehen. Doch ich lasse die Feier über mich ergehen, während es mir das Herz zuschnürt und das Essen kein Ende nehmen will. Nanda streicht mir über den Kopf: »Denk nicht mehr daran, Pizzangrillo, iss die Hochzeitsmandeln.« Hier hast du nichts mehr verloren, Marchioni Ilario, du bleibst schön in deinem Block, da kannst du um dein Haus herum laufen mit deinen Levi's, die so lang sind wie deine Beine, und meinem Hund an der Leine. Und dann kannst du ihm das Stöckchen werfen, wie ich es dir gezeigt habe, und ihn am Hals kraulen, wie ich es dir gezeigt habe.

Marchioni Ilario, du Scheißkerl, früher oder später werde ich dich wieder sehen. Aber ich weiß schon, dass ich dich dann, wenn ich dich wieder sehe, nicht mehr brauchen werde. Einen Judas braucht man nur einmal im Leben, dann kann er sich zum Teufel scheren. Zum Teufel mit allen Marchioni Ilarios der Welt.

Zuerst knurrte mir ständig der Magen. Das Geräusch, wie ein Traktor, war lästig. Doch eines Nachts ist es auf einmal weg. Ich bin den ganzen Tag herumgelaufen, nicht einmal mehr Spucke habe ich im Mund, ich habe keinen Hunger, und den Traktor jetzt auch nicht mehr. Besser so, sage ich mir, eine Sorge weniger. In der Zwischenzeit baue ich mein Lager, strecke mich aus. Warte nur, gleich fängt er an zu knurren und ich kann nicht schlafen, sage ich mir. Aber nein, kein Traktor. Tot. Scheiße, sage ich, und plötzlich fühle ich mich so einsam wie noch nie in meinem Leben. Ich merke nicht einmal, dass ein Gewitter losbricht. Was heulst du denn, Dummkopf?, sage ich zu mir selbst. Na, dieser Traktor hat mir Gesellschaft geleistet, und jetzt fehlt er mir eben. Im strömenden Regen laufe ich neben dem Fluss her, fast bis zum Meer, ich laufe und sage mir: Es ist doch jedes Mal dasselbe, verdammt, man bemerkt die Dinge erst dann, wenn sie weg sind. Danach habe ich mich daran gewöhnt, aber hinter jeder Gewöhnung steckt eine Gefahr. Ohne Futter dreht man durch, und Zorro hat keineswegs die Absicht, durchzudrehen. Da pass ich auf, wenn es Zeit für die Fütterung ist, ist Zorro schon unterwegs. Dann geht es durch den Tunnel, über den Ring, am Auditorium und an der Moschee vorbei. Ich gehe in meine Lieblingsmensa, die mit den Nonnen in der blauen Tracht, deren Röcke gar nicht so lang sind, man kann sogar ein Stück weißes Bein sehen und die Franziskaner-Sandalen, und auch auf dem Kopf spitzen ein paar Haare unter der Haube hervor. Die komplett verhüllten Nonnen sind mir nicht ganz geheuer. Die Himmelblauen sind junge Nonnen, sie flattern wie die Schmetterlinge, es sind alles Ausländerinnen. Ich muss gestehen, dass ich eine Schwäche für unberührtes Material habe, und ein paar von diesen Himmelblauen, also, mindestens eine, Bernadette, die könnte ich, entschuldigt die Gotteslästerung, vom Scheitel bis zur Sohle in mich hineinschlürfen, ich meine, von der Haube bis zur Sandale! Ich sag das natürlich nur so dahin, ich hab in meinem ganzen Leben noch nicht mal eine Hure belästigt, ganz zu schweigen also von einer Nonne!

»Suppe oder Nudeln?«, denn bei den Himmelblauen kann man den ersten Gang wählen, wenn man rechtzeitig kommt.

»Was du willst, Bernadette, mir ist alles recht. Wie dünn du bist, wie eine heilige Salzstange …«

Sie tragen mich auf Händen, die Himmelblauen, ausgerechnet mich, weil ich Manieren habe, nicht schmatze, das Tablett zurückbringe, das Brot nicht zerkrümele, nicht furze. Anstand ist kein Ausweis, den dir die Gesellschaft ausstellt und wieder wegnimmt, wenn du nicht mehr zu dieser Gesellschaft gehörst, wie eine Kreditkarte. Nein, Anstand ist ein Samenkorn, das der

Schöpfer dir eingepflanzt hat. Und das nur dir gehört, genau wie der Samen in deinen Hoden.

»Du bist ein guter Christ, Zorro.«

»Merci, Bernadette. Wie dünn du bist! Eine mystische Scheiblette!«

Wenn die Umgebung Freundlichkeit verströmt, dann kann ich nicht anders, dann werde ich zum Fürsten. »Ein freundlicher Mensch ist niemals schwach« … Weißt du noch, Nanda? Das hast du mir beigebracht, mein Schwesterherz. Die Himmelblauen wollen mir immer irgendetwas schenken, aber ich will es nicht annehmen, ich helfe ihnen gern, ich räume die Tische ab und wenn es nötig ist, wasche ich auch die Töpfe ab. Als Belohnung reicht es mir, wenn ich in einer Ecke sitzen und an ihnen schnuppern darf. Sie riechen gut, auch wenn sie über den Kochtöpfen geschwitzt haben. Dann sind sie sogar noch schöner, wenn sie müde sind und ihren religiösen Eifer abgelegt haben, dann sind sie weiblicher und nicht mehr nur die Jungfrauen des Herrn. Dann ziehen sie in der leeren Mensa die Schuhe aus und man kann zusehen, wie die

Kirche fortrückt und etwas zurückkehrt, was nur ihnen persönlich gehört. Dann rennen sie nicht mehr dir nach, du Gott da oben! Nein, dann bleiben sie bei mir, der ich nach Wein stinke. Ich verstehe sie, und das spüren sie, und manchmal fangen sie dann an zu singen.

Aber immer sachte mit der Poesie! Ich meine, wenn ich gewisse Dinge denke, dann bin ich sozusagen automatisch ein Poet, denn unter freiem Himmel, da wird man mit der Zeit unweigerlich zum Poeten, na, und das ist dann einfach mein Obdachlosen-Georgel. Aber du, Kormoran, der du gut schläfst und noch besser isst, du darfst dir so was nicht erlauben. Ich bin zufrieden mit dem, was ich habe, ich verlange nichts anderes, aber du freiwilliger Helfer, du Wohltätigkeitslady, du San-Vincenzo-Armenspeiserin, ihr braucht mich nicht auch noch zu veräppeln. Es sei denn, ihr kämt mit, wenn ich abends mit ausgetrockneter Kehle vor einer Kneipe stehe, den

Mund so trocken wie Salz, und von einem meterhohen Bierkrug träume. Und während sich die sechzehnjährigen Arschgesichter gegenseitig das Bier über den Kopf schütten, richte ich den Blick nach oben zum lieben Gott und sage: Gute Arbeit, wirklich! Wäre es nicht besser gewesen, ich hätte dieses Bier getrunken, statt es direkt in die Gosse zu gießen?! Oder wenn ich Lust aufs Ficken habe. Dann kannst du gern kommen, Frau Doktor Kormoran, Sozialarbeiterin, oder du schickst meinetwegen deine Freundin vorbei, die sardische Kormoranin, die Donnerstags-Freiwillige. Kommt doch her und leckt mein Spielzeug, ihr beiden, anstatt blödes Zeug zu reden! Hier hast du deinen Essens-Bon, deinen Schlafplatz-Bon, deinen Gemeinde-Bon. Leck mich! Den Bon für dich brauche ich! Kommt lieber mal zu diesem Tier von einem Mann, wenn er nachts heult! Zorro hat zwar eine Menge Dinge vergessen, aber die Liebe gehört nicht dazu, in seiner Hose steckt eine Menge Sehnsucht… Zorro weiß sehr wohl, was die Liebe zu einer Frau bedeutet, wegzutauchen, immer tiefer ins

Loch, und dann: Bumm! Losspritzen wie ein Champagnerkorken, die Augen voller sprudelnder Blasen, schwarze, weiße, rote, gelbe! Dann hast du den ganzen Karneval in dir drin, die Sternchen, den Krieg, das Leben und den Tod und das ganze Brimborium, wenn du in den Körper einer Frau brüllst und sie an den Haaren festhältst. Du hämmerst sie gegen dein Herz, mit aller Kraft. Du schlägst sie innerlich, und du rufst: Liebste! Liebste! Liiiiiebste! Anna! Anna! (*Er krümmt sich mit weit aufgerissenem Mund, blickt zu einem imaginären Fenster auf.*) Nein, Anna, du brauchst keinen Sozialarbeiter rufen, ich weiß schon, dass ich mich nicht vor deinem Haus aufhalten darf. Ich tu dir nichts, wirklich!... Ich wollte dich nur fragen, ob dein Kopf immer noch so riecht, an dieser Stelle in der Mitte, wo ich abends, wenn ich nach Hause kam, immer meine Nase gerieben habe... Darf ich bleiben? Ich werde dich auch gar nicht stören. Du tust alles, was du zu tun hast, die Suppe, den Abwasch, und dann gehst du vielleicht raus auf den Balkon und rauchst eine Zigarette, damit ich dich besser sehen kann. Darf ich gucken? Darf ich zwischen deine Beine gucken, Anna? Darf ich zwischen deine Beine gucken, damit ich sterben kann?

Ich gehe über die Straße, ohne zu schauen. Ich war immer schon zerstreut, aber früher habe ich wenigstens versucht, ein wenig aufzupassen. Mittlerweile ist es mir egal, ich schau die Autos überhaupt nicht an. Sollen sie ruhig hupen, ellabätsch, mir doch egal. Mach dir ruhig in die Hosen, Kormoran, in deinem Kombi, ich krieg nicht einmal dann Angst, wenn du meine Waden auf deine Stoßstange spießt! Du hast ja sowieso viel mehr Angst, mir was zu tun, als ich Angst habe, dass mir was passiert. Nicht dass ich einen Unfall verursachen wollte, aber ich bin einfach ein Tänzer, und wenn mich was auf die andere Seite der Straße lockt, dann lauf ich eben schnell rüber. Du meinst, ich sei nicht normal? Immer mit der Ruhe, Kormoran, dazu wäre Einiges zu sagen, aber das erspare ich dir. Ich sage nur, dass »normal« ein unpassendes Wort ist. Sprechen wir lieber von Häufigkeit und Seltenheit, das gefällt mir besser. Sagen wir, dass es selten vorkommt, dass Leute einfach so über die Straße rennen wie ich. Ich bin eine Seltenheit. Eine Seltenheit zu sein ist schön, eine Rarität. Wie eine Feige im Dezember. Ich bin eine Feige im Dezember, eine Kirsche im Januar, ein Pfirsich im Februar …

Wann sich die Kristallscheibe geneigt hat? Sie war da, vor meinen Augen, und alle standen ganz ordentlich darauf. Na ja, manchmal haben sie mich genervt, aber sie waren drauf, wie es sich gehört. Sie hat sich einfach geneigt. Ich habe es nicht gleich gemerkt, ich habe nur gesehen, wie alle auf dem Glas ins Rutschen kamen. Dann war sie plötzlich leer und bleibt schräg stehen. Ich sehe sie vor mir, diese schiefe Ebene, es sieht aus, als müsse sie jeden Moment abstürzen, aber sie tut es nicht, sie bleibt, wo sie ist …

Du, ich habe Polenta mit Rippchen gemacht, komm sie dir doch abholen, dann braucht Anna nicht zu kochen, komm schnell vorbei …«

»Aber Mama, es ist August … Polenta bei dieser Hitze?«

Aber ja, abgekühlt schmeckt sie prima, die Polenta, auf der Terrasse mit Anna, bei einem kühlen Bier, und vielleicht streiten wir uns zur Abwechslung mal nicht. Wer weiß, vielleicht schlafen wir heute sogar mal miteinander?

Mit der Auflaufform auf dem Armaturenbrett biege ich um die Ecke.

Angeblich ist er gerannt, das haben jedenfalls die Zeugen gesagt, er war der Lehrling von der Tankstelle, er lief zur Bar, um einen großen Schein zu wechseln. Er rannte, mit seinem blauen Overall. Alles, was ich höre, ist ein Knall, dann wird die Windschutzscheibe blau, blau wie sein Overall, blau wie sein Rücken. Den Kopf sehe ich erst später, als ich aussteige und meine Knie schlottern. Auf meiner Brust prangt ein roter Tomatenfleck. Es ist ein dunkler Kopf mit Haaren wie meinen, und er stöhnt »Au, au«.

»Bewegt ihn nicht«, sagt jemand, aber da habe ich ihn schon hochgehoben, ein Tropfen Blut fällt von seinem Kopf auf meinen Schuh. Zwischen meine Beine presst sich auf einmal ein winselnder Hund, so dass ich kaum laufen kann. Ich hieve den Jungen auf den Vordersitz.

»Au, au …«

»Keine Sorge, ich bringe dich jetzt ins Krankenhaus.«

In der Zwischenzeit ist der Tankstellenbesitzer eingetroffen: »Mario, was ist passiert? Mario, verflucht noch mal! Mario, sag doch was, ist alles in Ordnung?«

Mario nickt mit dem Kopf.

Der Hund hat sich hinter uns ins Auto gezwängt und winselt, der Tankwart packt ihn am Fell: »Mario, dein Hund will nicht mehr aussteigen, mein Gott, dieser idiotische Hund!«

»Das Öl«, stammelt Mario, »das Öl von dem Alfa …«

»Lass es gut sein, Mario, darum kümmere ich mich schon«, sagt der Tankstellenbesitzer und macht die Autotür zu: »Verflucht noch mal, Mario, warum hast du denn nicht aufgepasst?«

HE, MARIO, WARUM HAST DU DENN NICHT AUFGEPASST?

Im Krankenhaus bringen sie ihn sofort auf einer Trage weg. Ich bleibe den ganzen Vormittag dort, in der Zwischenzeit taucht Marios Mutter auf. Ich stelle mich vor: »Ich bin derjenige, der ihn überfahren hat. Es war ein Unfall, er ist mir einfach ins Auto gelaufen, ohne zu schauen.«

»Ich weiß. Mario rennt immer los, ohne zu schauen.«

Eine Stunde später schaut ein sympathischer Arzt herein: »Er hat zwei gebrochene Rippen, ein paar Verletzungen an der Milz und an der Lunge, aber am Kopf ist nichts Schlimmes passiert.«

Ich spähe ins Zimmer und sehe Mario mit verbundenem Kopf dort liegen. Er erkennt mich, schenkt mir sogar ein halbes Lächeln.

Ich fahre bei Mama vorbei. Nanda ist da, sie hat ihren Sohn mitgebracht. Mama hatte sie gleich verständigt. Ich stehe am Küchenfenster, ein Glas Wasser in der Hand, und blicke auf den Putzlumpen, der davor zum Trocknen aufgehängt ist. Das Wasser in meinem Glas bebt, denn ich zittere. Ich verschütte es. Der Hund leckt es auf.

»Das Tier hat Durst…«

»Hast du jetzt einen Hund, Onkel?«, fragt Fiorenzo, Nandas Sohn, der jetzt schon in die Mittelschule geht, obwohl es mir vorkommt, als sei gestern erst seine Taufe gefeiert worden.

»Er gehört mir nicht, er gehört dem Mann, der den Unfall hatte.«

»Das Wichtigste ist, dass du Zeugen hast, die aussagen können, dass du nicht schuld warst«, sagt Nanda.

Mama hat den Ventilator angemacht, aber er wirbelt nur die heiße Luft herum. Und in der heißen Luft hängt der Geruch eines Familientreffens, bei dem es allen nur darum geht, meine Haut zu retten. Sie klopfen mir auf die Schulter und lächeln mir aufmunternd zu, und das brauche ich, denn ich schaffe es kaum, einen Schluck Wasser zu mir zu nehmen.

»Was hattest du zu der Zeit auch auf der Straße zu suchen?«, will Nanda wissen.

»Er ist doch gekommen, um die Polenta zu holen«, sagt Mama.

»Mein Gott, Mama, wann hörst du denn endlich damit auf? Polenta bei dieser Hitze!«, sagt Nanda.

»Was soll denn das jetzt heißen? Dass die Polenta schuld ist? Seit sechzig Jahren mache ich Polenta, und noch nie ist etwas passiert!«

»Heute hättest du das lieber bleiben lassen, am zehnten August macht man einfach keine Polenta. Im Sommer isst man Tomaten und Mozzarella!«

»Tomaten und Mozzarella finde ich deprimierend!«

»Wollt ihr jetzt etwa anfangen zu streiten?«

Nanda ruft in meinem Büro an. Am anderen Ende der Leitung höre ich die Stimme von Cattaruzza… Es ist Freitag, da füllen wir immer zusammen den Lottoschein aus, Cattaruzza und ich. Nanda legt auf: »Du sollst dir keine Sorgen machen, sagen sie, und wenn du dir ein paar Tage freinehmen willst, geht das in Ordnung.«

Am Nachmittag gehe ich zur Polizei, um das Protokoll aufzunehmen.

»Kein Grund zur Beunruhigung, es gibt Zeugen, der Junge ist losgerannt, ohne zu schauen«, sagt ein Uniformierter. »Im Sommer steigt den Leuten die Hitze zu Kopf, da passiert so viel, schauen Sie nur mal diese ganzen Akten an. In Ihrem Fall gibt es ja zum Glück nicht einmal einen Toten.«

»Darf ich rauchen?«

Er erlaubt es mir, er raucht ja auch, obwohl er eigentlich aufhören will: »Heutzutage«, meint er, »kann man eigentlich gar nicht mehr rauchen.«

Den Abend verbringe ich im Krankenhaus, auch wenn die Besuchszeit offiziell vorbei ist. Die Krankenschwester steckt den Kopf durch die Glastür und sagt, dass Marios Zustand stabil ist: »Er jammert nicht mehr, er schläft jetzt.«

Zu Hause fragt Anna, während sie den Tisch

abräumt: »Liebling, warum hast du den Hund eigentlich nicht der Mutter von diesem Mario zurückgegeben?«

»Weil ich gar nicht gemerkt hatte, dass er in meinem Auto war.«

»Dann ruf sie doch jetzt an.«

»Ich will sie jetzt nicht wegen dem Hund belästigen. Morgen kümmere ich mich darum.«

Anna versucht, den Hund auf die Terrasse zu schubsen. »Meine Güte, der stinkt vielleicht!«

Aber der Hund ist es offensichtlich gewöhnt, im Haus zu sein.

»Verdammt, tu du ihn raus, ich geh jetzt ins Bett.«

Ich rauche eine Zigarette auf der Terrasse. Nach einer Weile kommt der Hund zu mir getrottet. Er leckt mir die Hand: »Idiot! Jetzt hast du mir die Zigarette ausgemacht!«

Er winselt. »Was ist denn, du Schöner, hast du dir etwa die Zunge verbrannt?«

Mario und ich schließen Freundschaft. Jeden Tag nach der Arbeit besuche ich ihn.

Ich bringe ihm Fruchtsäfte mit. Am liebsten mag er Aprikosensaft, er trinkt ihn mit einem Strohhalm, denn sein Hals ist eingegipst.

»Was soll ich mit dem Hund machen? Soll ich ihn deiner Mutter bringen?«

Mario verdreht die Augen zu einem Nein; den Kopf kann er noch nicht bewegen. »Meine Mutter ist allergisch, sie hat chronisches Asthma, deshalb habe ich den Hund immer zur Tankstelle mitgenommen ...«

»Mach dir keine Sorgen, dann kümmere ich mich um ihn, bis du entlassen wirst. Wie heißt er denn?«

»Zorro.«

»ZORRO?«

Ich muss schon sagen, der Hund ist alles andere als dumm. Wenn ich aus dem Krankenhaus komme, sieht er mich an, als wolle er mich fragen, wie es Mario geht. »Es geht ihm besser«, sage ich dann zu ihm, »bald sind wir dich los!«

Eines Abends bereite ich Mario eine Überraschung. Ich habe Zorro unter meiner Jacke versteckt, drücke ihn an mein Herz: »Schau mal, wen ich dir mitgebracht habe!«

Zorro winselt, scharrt mit den Krallen auf dem Fußboden, springt aufs Bett und wieder herunter, es sieht aus, als sei er verrückt geworden. Mario hat Tränen in den Augen. Die beiden umarmen sich.

Ich habe Angst, dass er Mario wehtut. »Still, Zorro, komm da runter…«

Er legt sich ans Ende des Bettes, leckt Marios Füße, die wegen der Hitze aus dem Laken ragen. Seine Zähne sind gelb und hässlich…

»Wie lange hast du den Hund schon?«

»Ich weiß nicht. Ich habe ihn halb tot auf der Straße gefunden, er war angefahren worden…«

»Er auch?«

»Ja.«

»Na, dann seid ihr wohl alle bescheuert in deiner Familie?«

Mario lacht, aber er kann nicht richtig lachen mit seinem Gipskragen.

»Vorsichtig, Mario! Verflucht, Mario, verflucht noch mal!«

Als wir das Krankenhaus verlassen, zittert Zorro unter meiner Jacke. Ich begegne einem Krankenpfleger, der mich unfreundlich ansieht, aber Gott sei Dank ist den Pflegern sowieso alles egal.

Auch auf der Terrasse zittert er, er will nichts fressen und dabei habe ich ihm heute das gute Dosenfutter gekauft. »Wenn du dich so benimmst, dann darfst du nicht mehr mitkommen, ist das klar?«

Er zittert, trotz der schrecklichen Hitze. Er wird mir doch jetzt nicht etwa abkratzen? Ich gehe in die Küche und mache ihm Milch warm. Aber nicht einmal die will er.

»He, Zorro, mach jetzt keinen Blödsinn, du musst weiterleben, zumindest bis Mario aus dem Krankenhaus kommt, danach kannst du tun und lassen, was du willst.«

Seine Schnauze ist trocken, ich befeuchte sie mit Wasser. Verflucht, Zorro, verflucht! Vielleicht sollte ich dich zur Notfallhilfe bringen… Wo ist die Notfallhilfe für Hunde?

»Anna, schau doch mal im Branchenbuch nach. Unter Notfallhilfe für Hunde.«

»Nein, das tue ich nicht. Ich habe selber Fieber, ich, nicht der Hund!«

»Willst du ein Aspirin?«

»Nein, ich will, dass du den Hund zurückbringst.«

Sie schläft. Wie schön du bist, mein Schatz. Wie schön du bist. Ich kauere mich neben den Hund: Zum Glück atmet er.

»Warum sie dich wohl Zorro genannt haben? Du hast doch nicht einmal schwarzes Fell, es ist gelb …«

Im Sommer wasche ich mich auf der Straße. Ich beeile mich, denn es gibt immer jemanden, dem das nicht passt. Dabei sind die Brunnen doch eine öffentliche Einrichtung, und die Autos darf man dort jederzeit waschen und einen saumäßigen Berg Schaum produzieren, aber ich, der ich vollkommen umweltverträglich bin und nicht schäume, ich störe. Ich beleidige das Schamgefühl der Leute, Kormoran. Ich habe keine Lust auf Diskussionen, ich beeile mich einfach. Ich habe eine eigene Technik entwickelt. Zuerst wasche ich den Oberkörper, denn eine Erfrischung für die Achselhöhlen gönnt man wirklich jedem, sogar einem Penner. Dann sehe ich mich um, und wenn die Luft rein ist, dann tauche ich schnell den Kopf in den Strahl und gebe einen Schuss Kernseife dazu, denn die ist biologisch abbaubar. Ich hab so viele Haare, das ist ein Fluch. Ich sage mir oft: Scher sie dir doch ab, Zorro, wozu brauchst du sie? Aber sie leisten mir Gesellschaft. Und außerdem habe ich gemerkt, dass die Glatzköpfe mich böse ansehen. Böse, viel sagende Blicke, was, Kormoran? Ich weiß schon, was du denkst: Wie ist das möglich? Da esse ich jeden Tag Salat, trinke keinen Alkohol, habe regelmäßigen Stuhlgang und schmier mir Plazenta auf den Kopf, und trotzdem gehen mir die Haare aus, während dieser Typ, der auf der Straße haust, der wie eine Wildsau lebt und sich mit Kernseife abschmirgelt, eine so prächtige Mähne hat …

Tja, Kormoran, verehrter Glatzkopf, der liebe Gott tut, was er will, er verteilt seine Gaben, wie es ihm passt. Mir hat er diese Haarpracht gegeben, diese Haarwurzeln, die nicht einmal unter drei Schichten Fett aufgeben, und als guter Christ nehme ich dieses Geschenk eben an. Um den lieben Gott nicht zu kränken und um dich vor Neid gelb werden zu lassen, du mit deinen aerodynamischen Mokassins, deinem Wasser abweisenden Fleece-Pulli, deiner schicken Brille und deinem glänzenden Schädel.

Den Schwanz wasch ich mir mit einer Flasche. Ich bin nicht der Typ, der sein Spielzeug, seine Maschinenpistole mitten auf der Straße rausholt. Ich will dich ja nicht beschämen, Kormoran. Ich fülle meine Flasche brav mit Wasser und gehe in einen Park. Wenn ich sicher bin, dass niemand in der Nähe ist, hole ich ihn raus, reibe ihn mit Kernseife ein und spüle ihn mit der Flasche ab. Danach fühle ich mich wie frisch geladen. Ich ziehe meine Uniform wieder an. Alles tadellos. Dann frage ich mich: Was sollen eigentlich diese ganzen Bedürfnisse, diese ganzen Dinge, diese ganzen Läden? Das sind nur Zwänge, Augenwischerei. Mit meinem Outfit komme ich durch alle vier Jahreszeiten. Im Sommer ziehe ich die Jacke aus, im Herbst öffne ich die Knöpfe, im Winter schlage ich den Kragen hoch, denn sonst kriege ich einen steifen Hals. Du hingegen, Kormoran, du brauchst für jede noch so minimale Wetteränderung andere Kleider. Sobald ein paar Tropfen fallen, holst du den Trenchcoat raus. Und wo bewahrst du sie auf, diese Kleider? Mit dir herumtragen kannst du sie wohl kaum! Also brauchst du einen Schrank. Und wo stellst du den Schrank hin? Auf die Straße? Nein, dafür brauchst du eine Wohnung. Und wer hält dir die Wohnung in Ordnung? Eine Negerin? Besser eine Ehefrau, die Negerinnen schleppst du Samstagabends auf den Vorstadtstraßen ab. Und am Sonntag, willst du da nicht einen Ausflug machen mit deiner Frau? Dann brauchst du ein Auto, und außerdem musst du Windbeutel kaufen, denn ihr seid bei den Schwiegereltern eingeladen. Verdammt, es ist Sonntag! Verdammt, du hast einen Trenchcoat, eine Daunenjacke, einen Fischgrätenanzug! Verdammt, Kormoran, du musst Windbeutel kaufen! Zorro hat keinen Trenchcoat, keinen Fischgrätenanzug, keinen Schrank, keine Wohnung, keine Ehefrau, keine Schwiegereltern, und von Windbeuteln wird ihm schlecht. Wie schrecklich die Sonntage doch sind, Kormoran. Diese Nachmittage nach dem Mittagessen, nach den Windbeuteln, wenn alle Fernseher laufen, die Kinder auf dem Spielplatz sind, sich die Schlangen vor den Schaukeln bilden, während der Vater seine Freunde mit dem Handy anruft: Wo seid ihr denn? Wo seid ihr? Die Mutter ruft mit dem anderen Handy andere Freunde an. Wo seid ihr denn? Wo seid ihr? Das Kind spricht mit sich selbst: Wo bin ich? Wo, zum Teufel, bin ich? Unter der Woche ist alles einfacher. Arbeitet. Arbeitet für eure Ent-Spannung. Für die Ent-Haarung, die Ent-Feuchtung, die Ent-Koffeinisierung, die Ent-Fernung von Zahnstein. Was sollst du auch tun, Kormoran, du kannst doch keinen Zahnstein dulden! Das kannst du nicht tun, verdammt noch mal, dann lass ihn doch entfernen! Wenn du schon eine

Glatze hast und kein Shampoo brauchst, dann mach doch wenigstens den Zahnstein weg! Zahl die Ent-Gelder! Wie reich ihr doch seid. Wie entsetzlich… Und doch fehlt ihr mir, Kormoran. Am liebsten würde Zorro euch alle umarmen, ja, alle in einer großen Umarmung mit auf See nehmen. Auf eine Kreuzfahrt des Herzens, mit lauter Wimpeln und Fähnchen! Alle schwenken Fähnchen! Alle tanzen auf dem Deck! Die Nacht ist verzaubert, das Meer so schwarz, dass es aussieht wie Erdöl! … (Es ist Erdöl.) Oh schwarzes Meer, oh schwarzes Meer, oh schwar… Du warst hell und durchsichtig wie ich… Und ich? Scheiße, wieso bin ich nicht bei euch? Wartet, der Kaffee! Ich habe noch keinen gekriegt. Dreh um, Kapitän! Gib mir meine Musik zurück! Ich bin noch jung, ich bin einer von euch! Ich will auch tanzen, gebt mir die Hand… Haltet die Ent-Wicklung auf! (*Die Arme um sich selbst geschlungen, wiegt er sich im Tanz.*)

Manche Nächte verbringe ich am Bahnhof. Die Eisenbahner lassen mich in Ruhe, denn ich bin freundlich, ich lächle sie an. Die Schaffner sind immer schlecht gelaunt, wenn sie aus dem Zug aussteigen, denn alle haben ihre Wut an ihnen ausgelassen: wegen der Verspätung, wegen der mangelnden Sitzplätze. Ich bin doch nicht der Verkehrsminister, sagen sie, ich bin nur ein armer Schlucker. Ich lächle sie an, die Schaffner, denn sie sind Helden: Für das Gehalt eines Eisenbahners müssen sie die Ministerbeschimpfungen über sich ergehen lassen. Jetzt, wo es Winter ist, genehmige ich mir sogar eine Suite, eine Monatskarte für den Regionalzug. Ich nehme immer den letzten Abendzug, setze mich gemütlich zu den Pendlern, höre ihren Gesprächen zu, sehe mir ihre Gesichter an, stelle mir vor, was sie zu Hause erwartet, auf dem Teller und im Bett. Sie glauben, dass ich einer von ihnen sei.

»Wo steigst du aus, Zorro?«

»Später, ich steige später aus.«

Ich bleibe sitzen, bis ich allein im Abteil bin

und die Weichen unter den Knochen spüre. Ich bleibe sitzen, bis der Zug hält, und dann ist es, als höre das Herz auf zu schlagen. Ich höre die Grillen zirpen, und von Zeit zu Zeit das Bellen eines Hundes. Dann sehe ich auf dem leeren Sitz neben mir irgendetwas, einen winzigkleinen Fisch, eine Hoffnung, und dann kommt es mir vor, als wäre ich wer weiß wohin unterwegs, als würde mein Leben noch weitergaloppieren. *(Er stößt einen langen Pfiff aus, wie ein Zug.)*

Wenn ich etwas überhaupt nicht vermisse, dann das Telefon. Ich fand es immer schon unheimlich, so als habe man einen Fremden im Haus. Einen, den man nicht hinauswerfen kann, der einfach da ist und sich nicht vom Fleck rührt, einer aus Plastik. Immer auf der Lauer. Und sobald du ihn vergisst: driiing, driiing, driiing…

In Wirklichkeit erwartet man vom Telefon immer eine große Veränderung, etwas, das hereinplatzt und alles auf den Kopf stellt: »Hallo? Sie wären eigentlich ein prima Präsident für dieses Land, wollen Sie es nicht einmal probieren?« »Aber ich bin noch in der Unterhose.« »Kein Problem, wir schicken einen Hubschrauber.«

»Hallo, hier ist Lulu, weißt du noch, vor zwanzig Jahren in Cattolica? Ich war die mit dem knappen Bikini und dem großen Busen. Ich hab's mir überlegt, ich will mit dir durchbrennen. Im selben Bikini wie damals, klar. Aber du musst auch den gelben Sonnenhut tragen, den von der Agip-Tankstelle. Nein, der ist nicht peinlich, der ist wunderschön! Den braun gebrannten Bodybuilder mit dem »Fruit of the Loom«-T-Shirt? Den hab ich verlassen. Ich will dich und deine weißen, schwarz behaarten Beine! Hast du denn heute noch nicht Zeitung gelesen? Dein Typ ist jetzt angesagt! Los, beeil dich!«

Verdammt, wenn es nur von Zeit zu Zeit solche Nachrichten gäbe! Wiedergutmachungen. Du weißt zwar, dass das nie passieren wird, aber irgendwo hoffst du trotzdem darauf. Auch Anna hat immer darauf gehofft. Und wie sie darauf gehofft hat!

»Wer geht dran? Du oder ich? Wer ist da?«

Wer auch immer es ist, ich habe ihn nicht eingeladen. Es ist jemand, der in mein Haus eingedrungen ist, der meine Gedanken unterbricht und sich nicht dafür entschuldigt.

»Sei doch höflicher!«

»Was hab ich denn gesagt, Anna?«

»Du grüßt nicht, und dein Ton…«

»Was für einen Ton habe ich denn? Schließlich wohne ich hier.«

Anna verbringt Stunden am Telefon, die Beine auf dem Sofa. Während sie spricht, streicht sie über ihre Zehennägel. Was findet sie nur daran, mit einer Schnur zu sprechen?

Wie schön du bist, Anna. Sprich doch mit mir.

Wenn ich heute an einem Telefon vorbeikomme, furze ich. Wir sind geschiedene Leute, du Bastard. Und die Leute, die auf der Straße stehen bleiben, um zu antworten, tun mir Leid. Manche fallen beinahe vom Motorroller, bloß um zu antworten. Alle mit ihren Handys, ständig erreichbar. Hallo? Hallo, was ist los? Nichts ist los, gar nichts, alles normal. Dann kam der

Anruf, der den Lauf der Dinge verändert hat, verdammt, und ob er kam …

Driiing! Driiing! Driiing! Es ist sieben Uhr morgens, das Polizeipräsidium ist dran. Eine Stimme sagt, dass Mario wegen Komplikationen an der Lunge verstorben ist.

»Was? Wieso? Aber es ging ihm doch gut …«

»Offensichtlich ging es ihm nicht gut. Er ist gestorben.«

Dann sagt die Stimme noch andere Worte: Totschlag, Zeugen, Anwalt … Ich höre nicht mehr zu.

»Haben Sie inzwischen aufgehört zu rauchen, Herr Kommissar?«

»Nein, und Sie?«

»Nein.«

Manchmal sagt man, dass die Welt über einem zusammenbricht. Eine Redensart. Dabei passiert genau das. Ich fühle einen Knall in meinem Inneren, in der Brust, dann versagen meine Arme und

Beine, ich spüre einen Knall und eine Leere, einen Knall und eine Leere, und alles wird mitgerissen, das Bücherregal, der Kalender, der ganze unnütze Kram, alles …

»Was ist passiert?«, sagt Anna in ihrem roten Morgenmantel, den Kaffee in der Hand.

»Er ist tot.«

Jetzt haben sie Angst vor mir. Anna rührt mich nicht mehr an, keiner berührt mich mehr. Denn wenn jemand wagt, mir seine Hand auf die Schulter zu legen, fange ich an zu schreien, laut zu schreien. Denn heute habe ich Mario umgebracht. Heute sehe ich seinen blauen Overall auf der Windschutzscheibe meines Autos, und alles um mich herum ist blau.

VERDAMMT, MAMA, MAN KOCHT KEINE POLENTA AM ZEHNTEN AUGUST!

Die Straße hat ein Geschenk für dich: Sie schenkt dir Zeit. Vielleicht meinst du, dass das kein schönes Geschenk ist, vielleicht glaubst du, dass das etwas Langweiliges ist, aber das ist falsch. Denn wenn du dem Kopf Zeit gibst, dann vermehrt er sie, er vermehrt die Scheiße, die sauer gewordene Mayonnaise, aber auch die vielen schönen Gefühle, und dann ist es, als würde man im Meer schwimmen, ohne die Sorge, ans Ufer zurück zu müssen. Ich habe Zeit. Keiner drängt mich, keiner wartet auf mich, keiner sagt: Zorros Kopf ist zum Abendessen nicht nach Hause gekommen, er schwimmt noch im seichten Wasser herum, hol ihn doch, sonst verkocht die Pasta. Zum Teufel, soll doch alle Pasta der Welt verkochen! Ich trinke einen Schluck und weg bin ich, ich fliege davon wie eine Schwalbe. Ich sehe mir selbst von oben zu, wie ich mit meinem Weinkarton auf einer Parkbank liege und lache, und dann fliege ich weiter, über die Ozonschicht hinaus, bis zum lieben Gott, der dort oben auf einer Wolke aus Zuckerwatte sitzt, und ich stoße ihn mit dem Ellbogen an, wir verstehen uns gut, wir zwei, und er sagt: »Weißt du, Zorro, diesen ganzen irdischen Zirkus habe ich ja nur aufgebaut, damit ich was zum Lachen habe.«

Und ich antworte: »Komm, lieber Gott, lass mich ein bisschen hier oben bei dir bleiben und dieses Videospiel betrachten, diese durchgeknallten Heerscharen von Lebendigen, die mit ihren Autos aus der Bahn springen, die von den Balkonen springen, die sich mit Bomben in die Luft jagen oder die, die einfach springen.«

»Und, gefällt es dir?«

»Na, und ob!«

»Siehst du, Zorro, ich könnte sie ja einfach nehmen und an ihren Platz zurücksetzen, aber ich tue es nicht.«

»Und warum nicht?«

»Sie wollten es unbedingt haben, dieses kleine Extra, das man den freien Willen nennt. Damit müssen sie eben jetzt zurechtkommen.«

»Hör gut zu, Alter«, sage ich, »siehst du den da drüben, den mit dem blauen Mechaniker-Overall? Er heißt Mario…«

»Na und?«

»Den hab ich umgeworfen, und das tut mir Leid…«

»Na und?«

»Könntest du den nicht wieder dorthin stellen, wo er vorher stand, an die Tankstelle in der Nähe von der Wohnung meiner Mutter?«

»Wen? Mario? Den, der immer über die Straße rennt, ohne zu schauen? Was schert dich der? Es gibt doch so viele Tankwarte in der Gegend! Komm, lachen wir drüber!«

»Aber ja, lachen wir. Lachen wir über diesen freien Willen. Lassen wir sie doch springen!«

Dann ist der Wein zu Ende, der Treibstoff ist aus, und der liebe Gott gibt mir einen Fußtritt. Er wirft mich zurück auf die Reservebank mit einem Kopf, den man besser abschrauben und als Fußball verwenden sollte, denn in ihm stecken viertausend Bienen und diesmal auch noch die gottverdammte Bienenkönigin.

Im Testament kam der Hund nicht vor. Ja, es gab nicht einmal ein Testament. Also blieb Zorro bei mir. Wer nimmt schon einen pissefarbenen Hund zurück? In der Arbeit habe ich gefragt, ob ich meinen Urlaub vorziehen könnte, und sie haben es mir erlaubt. Anna hingegen arbeitet, sie ist den ganzen Tag nicht da. Ich führe Zorro aus, gehe mit ihm in die Grünanlagen. Ich komme auch beim Tiergeschäft vorbei, wo es Hamster und türkisfarbene Vögel gibt, ich kaufe ihm Puffreis und Knochen aus Kunststoff. Zu Hause vertreiben wir uns die Zeit, indem wir das Fotoalbum betrachten: »Mach das Maul zu, du sabberst auf die Fotos… Schau, Zorro, das bin ich in der Schule, mit einer schiefen blauen Schleife. Schau mal her, das ist Mama in Schwarzweiß, ich bin der mit der weißen Kapuze. Und hier bin ich beim Militär. Papa auf dem Fahrrad. Nanda mit dem Baby im Arm. Anna an unserem Hochzeitstag mit Blumen im Haar. Anna auf der Terrasse. Anna im Karneval. Anna im Gebirge. Anna, nachdem wir gerade miteinander geschlafen haben, sie lacht verlegen. Siehst du, wie schön Anna ist?«

Zorro hört zu. Ich glaube nicht, dass er mich versteht – er ist ja ein Hund. Aber er hört zu. Es tut mir gut, dass mir jemand zuhört, denn jetzt ist alles blau um mich herum … Dasselbe Blau wie der Overall von Mario. Ich wasche die Gardinen, räume die Schubladen auf, koche. Ich koche lauter gute Dinge für Anna: »Schmeckt es dir?«

»Wann gedenkst du, wieder zur Arbeit zu gehen?«

»Ich habe Koriander hineingetan, probier mal.«

»Wann gedenkst du, wieder zur Arbeit zu gehen?«

Ich weiß, was du denkst, Anna-Schatz: Was soll ich mit diesem Typen, der den Hund ausführt, kocht und mich mästet, so dass mir im Sommer am Strand der Bauch aus dem Bikini quillt. Sie hat sich bei einem Fitness-Studio angemeldet, sie kommt immer spät nach Hause.

»Wie viele Stunden verbringst du eigentlich in diesem Fitness-Studio?«

»So viele ich Lust habe, da kann ich mich abreagieren.«

Manchmal ruft der Trainer an: »Kann ich mit Anna sprechen?«

»Wer ist da?«

»Ich bin ihr persönlicher Trainer.«

Sie reden und lachen. Warum sprichst du nicht mit mir, Anna? Entschuldige, das geht mich nichts an. Entschuldigung. Ich freue mich ja, wenn du dich abreagierst, Anna. »Kommst du heim zum Abendessen?«

Sie sagt nein, sie will allein essen, sie hat um sieben eine Kleinigkeit gegessen, Karottensaft und Vollkornbrötchen. Auch Zorro und ich essen früh zu Abend, Reis und gekochtes Huhn, denn Fett ist schlecht für unsere Leber. Als Anna nach Hause kommt, liege ich schon im Schlafanzug im Bett, aber ich schlafe nicht. Sie zieht sich um, und ich rieche ihren Duft. Eines Abends kommt sie früher als sonst und sieht, dass Zorro neben mir liegt. »Er wärmt dein Bett vor ...«

Sie schreit, sie regt sich fürchterlich auf. Sie sagt, dass es sie ekelt, dass dieser stinkende Hund von ihren Tellern isst und in ihrem Bett schläft, sie sagt, dass ich nicht mehr richtig bei Trost bin, dass ich besessen bin von diesem Hund, dass ich mich verändert habe, dass ich alt geworden bin, dass ich genauso stinke wie der widerliche Hund. Am Sonntag, als wir zu ihren Eltern gehen, schreit sie immer noch, sie schreit, dass ich den Hund auf dem Balkon lassen soll, anstatt ihn mitzunehmen.

»Aber warum denn, Anna? Deine Eltern haben doch einen schönen großen Garten …«

Bei der Rückfahrt im Auto schreit sie immer noch, inzwischen ist sie heiser vor lauter Schreien: »Um ein Haar hättest du deinen Teller genommen und mit dem Hund im Garten gegessen! Und ein Gesicht hast du bei Tisch gemacht … Kein einziges Wort hast du gesagt, und keinen einzigen Windbeutel hast du gegessen! Ich halte das nicht mehr aus. Es ist heiß, mach das Fenster auf. In all den Jahren hast du es nicht einmal zu einem Auto mit Klimaanlage gebracht! Mein Trainer, der hat eines. Alle haben Autos mit Klimaanlage, nur du nicht, und dein Auto ist stattdessen auch noch unter polizeilicher Aufsicht, weil du damit Leute überfährst!«

»Du bist mit deinem Trainer im Auto gefahren, Anna? Wann denn?«

Zorro hat eine Hündin erspäht, er springt auf die Bank, bellt, und kratzt dabei Anna versehentlich an der Schulter. Vier lange rote Streifen zeichnen sich auf ihrer Haut ab.

»Jetzt bleibst du stehen und schmeißt diesen Hund raus, sonst steige ich aus!«

»Okay, ich lass ihn raus.« Wir sind beinahe zu Hause, Zorro kennt den Weg.

Aber es ist unmöglich, den Hund aus dem Auto zu schaffen, er stemmt seine Beine fest gegen die Tür. Anna schreit, sie hämmert mit den Fäusten auf mich ein: »Du Scheißkerl! Du Scheißkerl, du versuchst es ja gar nicht wirklich! Dann steige ich eben aus. Ich steige aus!«

Unter der glühenden Sonne fahre ich hinter ihr her, mit offener Tür. Zorro sitzt vorn neben mir, auf Annas Platz, und lässt die Zunge aus dem Fenster hängen.

»Liebling, ich bitte dich, steig ein!«

Sie weint. Es ist tragisch, denke ich und muss dabei lachen.

Zu Hause legt Anna sich mit einem Eisbeutel auf dem Kopf ins Bett. Sie hat Fieber. Du bist schuld, Zorro. Du bist schuld… Schau nicht so betrübt drein, Alter. Komm, leck meine Hand. Einmal, habe ich gesagt. Immer musst du übertreiben.

In jener Nacht schlafe ich auf dem Sofa, ich kehre ins Blaue zurück. Ich träume, dass ich nie wieder mit einer Frau schlafen werde, und in dem Traum schläft Anna mit einem anderen Mann. Sie tun es auf der Kühlerhaube meines Autos – ich sitze hinterm Steuer. Er hat Marios schwarzes Haar, sein blauer Overall bewegt sich, er bewegt sich auf Anna. Dann dreht er sich um… Marchioni Ilario. Marchioni Ilario, dieser Hurensohn! Ich trete auf das Gaspedal so fest ich kann, bis zum Anschlag. Krepiere, Marchioni Ilario! Krepiere, Judas! Anna liegt auf dem Glas, lang und nackt, sie sieht mich an, ich sehe sie an. Ich sehe ihr Gesicht, ihre blauen Brustwarzen…

Ich will dich nicht verlieren, mein Schatz. Ich will dich nicht verlieren. Es dämmert, ich bin wach, Anna schläft noch. Sag mir, dass es noch nicht zu spät ist. Ich bitte dich, sag mir, dass es noch nicht zu spät ist. Wie schön du bist, Anna. Komm, Zorro, komm, ich mach dir dein Halsband um. Heute Morgen gehen wir früh aus dem Haus. Heute Morgen muss ich erwachsen werden, Zorro. Sie will kein alt gewordenes Kind, sie will einen Mann. Und damit hat sie Recht, weißt du? Die Frauen haben immer Recht. Hopp, Zorro, spring ins Auto, wir machen eine Spazierfahrt. Ich steuere das Auto, und du sitzt still neben mir, mit hängenden Ohren. Jeder hat sein Schicksal, weißt du? Wir können uns nicht dagegen wehren. Das ist nicht dasselbe, wirst du sagen, ich bin ein Hund und du bist ein Mensch, ich muss ein Halsband tragen, aber weißt du was, ich habe auch eines! Eine Schlaufe, die mir den Hals abschnürt, eine schwarze Hand, die daran zerrt … das Schicksal. Und versuch bloß nicht zurückzukommen. Steig aus, wir sind da. Ich kann dich nicht behalten, ich liebe sie. Steig aus, Hund. Ich kenne den Duft ihrer Haare. Steig aus, Hund. Sie küsst mich auf die Augen, während ich schlafe. Steig aus, Hund. Ich werde tun, was sie will, ich werde wieder arbeiten. Steig aus, Hund. Wir werden ein Kind haben, ich werde mit ihm zum Spielplatz gehen. Steig aus, Hund. Ich hatte schon einmal einen Hund, als ich klein war, weißt du? Ein Freund hat ihn mir weggenommen. Eine Gemeinheit des Schicksals. Steig aus, Hund. Steig aus. Und versuch bloß nicht zurückzukommen.

Er ist sitzen geblieben hinter meinem Rücken, Zorro, mit aufgestellten Ohren, mit seinem pissefarbenen Fell. Scheiße, er hatte alles verstanden, er ist mir nicht nachgelaufen, er ist einfach sitzen geblieben. Es war windig, und sein Fell wogte wie eine Fahne, wie ein Schiff, das vom Kai ablegt. Ich werde bei Anna sein, bevor sie aufwacht: Hier bin ich, werde ich zu ihr sagen, ich habe den Hund seinem Schicksal überlassen, wie eine Fahne, wie ein Schiff, das vom Kai ablegt. Ich bin jetzt kein Kind mehr, ich bin ein Mann.

Ich gehe ins Büro mit meinem Lacoste-Polohemd, wie einer, der aus dem Urlaub zurückkommt. Meine Kollegen umringen mich, alle wollen mit mir einen Kaffee trinken gehen, ich rede mit dem Abteilungsleiter: »Und, wie geht es so?«

»Gut, alles in Ordnung.«

Der Abteilungsleiter ist ganz blau. Ich gehe an meinen Schreibtisch, wie immer. Am Ende des Arbeitstags fasst mich Cattaruzza am Arm: »Welche Zahlen spielen wir heute?«

Seine Hand ist klebrig, die klebrige Hand auf dem sauberen, langärmligen Polohemd stört mich. Seine blaue Pfote stört mich: »Tu die Hand da weg, Cattaruzza!«

»He, was hast du denn?«

»TU DIE HAND DA WEG! TU DIE HAND DA WEG, VERDAMMT NOCHMAL!!!«

Cattaruzza weicht zurück, nicht allzu sehr, aber er weicht zurück. Das ist es, alle sind zurückgewichen, Schritt um Schritt. Ihr seid weggegangen, Kormoran, nicht ich. Die Kristallscheibe hat sich zur Seite geneigt, und ihr seid weggerutscht von mir … Ich habe versucht, wenigstens Anna festzuhalten. Sie sagt, ich hätte sie an der Kehle gepackt, hätte sie geschlagen, aber das ist nicht wahr. Ich habe nur versucht, sie festzuhalten: »Was soll das heißen, du verlässt mich?«, habe ich gesagt, »Ich habe den Hund ausgesetzt.«

»Den hättest du ruhig behalten können, du Loser!«

Da habe ich die Leine genommen und bin losgegangen, um dich zu suchen, Zorro. Es wurde dunkel, aber ich habe dich nicht mehr gefunden. Jetzt gehe ich heim, sagte ich zu mir, aber ich bin nicht heimgegangen. Ich hab das Polohemd ausgezogen, habe die Leine um meinen Hals geschlungen. Das war mein Schicksal, es gab keinen Weg zurück.

In der ersten Zeit hat noch manchmal jemand nach mir gefragt, aber dann haben sie mich als vermisst betrachtet, und Amen. Nur Nanda mit ihrem Dickkopf hat mich am Bahnhof aufgestöbert.

»Was tust du denn hier, Nandachen?«

»Ich hab dir einen Henkelmann mit Lasagne mitgebracht.«

»Ist heute Sonntag?«

»Ja.«

»Und dein Mann? Deine Kinder?«

»Ich habe ihnen das Essen hingestellt und bin gegangen.«

»Du denkst wirklich an alle …«

»Solange ich das tun kann.«

Ich esse, und die Vögel vom Bahnhofsplatz kacken uns auf den Kopf: »Das bringt Glück …«

Wir sehen den Leuten zu, die vorbeikommen, und die Bank, auf der wir beide sitzen, ist wie im Himmel aufgehängt, im Nichts.

»Ich bring dir von Zeit zu Zeit eine Lasagne vorbei und etwas Wäsche, so sehen wir uns wenigstens.«

Nein, Nandachen, wir sehen uns nicht wieder, und das weißt du genau. Es ist besser so. Die Liebe ist in unseren Gedanken, im Schweigen.

Was ist es denn, was du festhalten willst? Die Kindheit ist vorbei, und der Rest ebenfalls …

»Wie alt warst du eigentlich, als wir unter dem Tisch gespielt haben?«

»Vierzehn, und du sechs …«

Du hattest schon einen Busen, und ich war eine dünne Bohnenstange. Du hast mir Hefetörtchen mit Sahne gekauft, und wenn die Mama keine Zeit hatte, bist du in die Schule gegangen und hast mit den Lehrern gesprochen. »Wer sind Sie denn?« »Die Schwester, ich bin die Schwester«, dabei hast du meine Hand ganz fest gehalten und hineingeschwitzt. Wie viel du schwitzen musstest, Nanda, um zu überleben!

»Sag mal, erinnerst du dich noch an den Hund, den ich hatte, als ich klein war?«

»Welcher Hund?«

»Erinnerst du dich nicht?«

»Nein.«

Du siehst mich an, siehst die Hundeleine um meinen Hals an, sagst nichts mehr.

»Du schämst dich wegen mir, stimmt's?«

»Nein, ich habe Respekt vor dir, weil du mutig warst.«

Nein, Nanda, es ist viel mutiger, dort zu bleiben, wo du bist. Ich bin ein Vagabund, ein Egoist. Ich bin ein Mann, Nanda, ich knete meinen Schwanz in meinen Händen, doch eigentlich weiß ich, dass ich nicht viel größer bin als er.

»Hast du ein Postfach hier am Bahnhof?«

»Nein.«

»Leg dir doch ein Handy zu, die gebrauchten werden einem nachgeschmissen, komm, ich kauf dir eins …«

»Nanda, was soll der Scheiß? Was soll ich als Penner mit einem Handy anfangen?«

»Wie wollen wir's dann machen, rufst du mich an?«

»Ja, ich ruf dich an.«

»Das tust du ja doch nicht.«

Nein, das tu ich auch nicht, Nanda, ich rufe nicht an. Und wisch dir die Träne von der Wange, um Himmels willen!

»Was, wer weint hier? Ich lache. Du siehst doch, dass ich lache, Pizzangrillo?«

Nenn mich nicht Pizzangrillo! Wenn du mich Pizzangrillo nennst, klammere ich mich an deinen Rockzipfel und sterbe, hier, an dich geklammert!

»Bleib ruhig sitzen, ich gehe allein, die Sonne scheint ja.«

Was für eine Sonne scheint, Nandachen? Sag es mir! Was für eine Sonne?! Du gehst, in Richtung Haltestelle, überquerst die Straße, verschwindest hinter einer Mauer aus Bussen. Vor mir sitzt ein Vogel. Ich sehe ihn an. Er kratzt sich mit einem Fuß am Flügel. Ich sehe ihm dabei zu, um nicht an dich zu denken, an deine Beine, die fortgehen, deinen Rücken, um nicht daran zu denken, dass wir aus demselben Bauch gekommen sind, in derselben Suppe groß geworden sind, und es gilt nicht, dass du jetzt in einem Autobus wegfährst, es gilt nicht, dass wir alt geworden sind. Ich will ein Hefetörtchen mit Sahne, Nanda! Und danach esse ich deine Hände auf. Ich will deine Küsse, deine zerrende Hand: »Los, Pizzangrillo, an was denkst du denn?«

Jetzt weiß ich, woran ich damals gedacht

habe, Nanda. Ich dachte daran, dass all das eines Tages passieren würde, und das wollte ich nicht. Deshalb blieb ich mitten auf der Straße stehen, du Dumme.

Aber etwas bleibt, weißt du, etwas bleibt erhalten in der Luft vor uns, zwischen den Beinen, die an uns vorbeilaufen wie Gedanken. Du denkst, es ist aus, alles ist aus, sie haben dir sogar die Schuhe geklaut, die Papiere, wenn du auf der Straße landest, bist du ein angeschwemmtes Stück Fleisch… Aber dann passiert etwas Merkwürdiges, eines Morgens stehst du auf und merkst, dass ein wenig Leben in dich zurückgekehrt ist, vielleicht durch ein Loch in einem Traum oder durch die Öffnung einer Flasche. Du verscheuchst eine Fliege, die du bis vor einem Augenblick geduldet hättest. Du öffnest die Augen und bist ein neugeborenes Baby, du bist ganz unten, in der Scheiße, aber neu geboren. Und dieses Leben respektierst du mehr als das andere. Du bist klein und bedürftig, aber schon weise. Dich ködern sie nicht mehr mit ihrem überflüssigem Tand, mit ihrem Feuerwerk. Du hast einen Pfirsichkern in der Hand und umschließt ihn mit deiner Faust; das ist alles, was du brauchst.

Sie haben einen Angstschrei über der Stadt losgelassen, denn es gibt zu viele Vögel, zu viel Scheiße. Die Leute beklagen sich über den Gestank, deshalb hat die Stadtverwaltung Lautsprecher in die Bäume gehängt, aus denen ein Angstschrei ertönt. Deshalb gibt es jetzt keine Vögel mehr, keine Scheiße, keinen Gestank. Es gibt nur noch den Angstschrei. *(Er stößt einen grauenhaften Schrei aus, der wie ein wildes Muhen klingt.)* Ich hab dich gesehen, Kormoran, wie du dich aus dem Fenster gelehnt und geschrien hast: »Weg mit der Angst! Wir wollen unsere Scheiße wieder! Gebt uns unsere Scheiße zurück!«

Heute Abend, ja, da gehe ich ins öffentliche Bad zum Duschen. Ich lass mir die Haut abziehen vom heißen Wasser, ich freu mich schon drauf. Und wenn Simonetta da ist, die mit dem tief hängenden Hintern, mit dem sie die Stufen der Rolltreppen fegt, die, die das Handtuch nicht gleich weglegt, wenn ich es ihr zurückgebe, sondern noch eine Weile da behält, das Handtuch, mit dem ich mich abgetrocknet habe… dann lade ich sie zu einem Eis bei McDonald's ein. Wer weiß, vielleicht gibt sie mir ja sogar einen Kuss.

(*Er geht fröhlich bellend davon, wie ein Hund, der sich über etwas freut.*)

Ich danke Renata und Antonio,
wie immer.